BIBLIOTHÈQUE DE MADEMOISELLE LILI ET DE SON COUSIN LUCIEN

Mlle Frisson et Le Bouillant Achille

TRENTE-TROIS DESSINS PAR L. FROELICH

TEXTE PAR UN PAPA

COLLECTION HETZEL

18, RUE JACOB, PARIS (VIe Arr.)

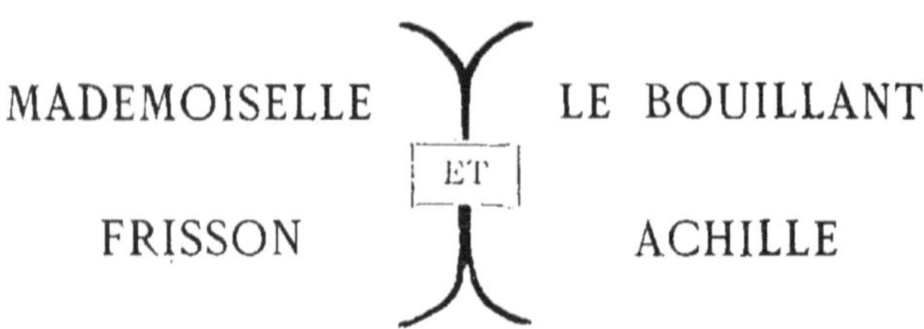

COLLECTION HETZEL

Bibliothèque de Mademoiselle Lili
et de son cousin Lucien

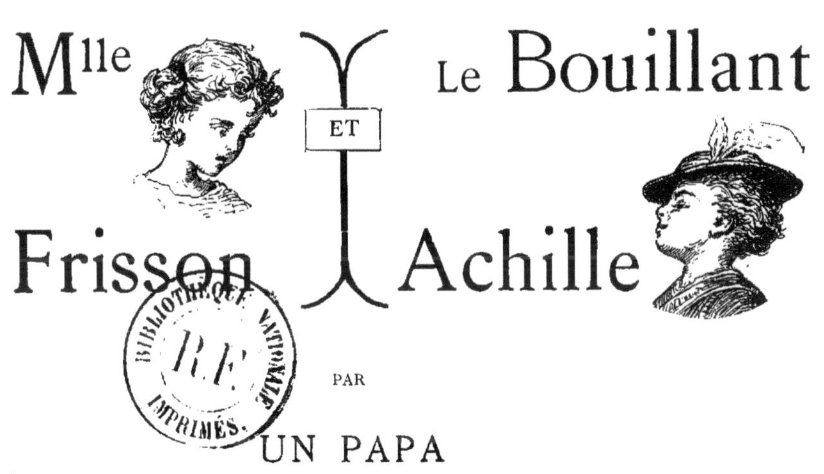

Mlle Frisson et Le Bouillant Achille

PAR

UN PAPA

TRENTE-TROIS
DESSINS

PAR

L. FRŒLICH

J. HETZEL ÉDITEUR
18, RUE JACOB, PARIS (VIe)

MADEMOISELLE FRISSON

I

Mlle Lucie est une petite personne qui tremble toujours. Tout l'inquiète; tout l'effraye. Ses compagnes lui ont donné le nom de « Mlle Frisson ». Ce n'est pas mal trouvé, car Mlle Frisson a peur de tout, même de son ombre, et, pour la rassurer, il ne faudrait rien moins qu'une compagnie de sapeurs. Encore aurait-elle peur de la barbe de Messieurs ses défenseurs.

Ayant entendu dire que la piqûre de certaines mouches était dangereuse, pour elle toutes les mouches sont devenues des monstres terribles. Entre deux mouches, dont l'une, un pauvre petit bébé de mouche, ne songe qu'à essayer ses ailes et volette en bégayant sa chanson, et l'autre, sur la table, semble chercher des miettes de sucre, mais nourrit évidemment les plus noirs desseins à l'égard de Mlle Frisson, que fera la poltronne? Elle ne peut se garer de deux ennemis à la fois! Comment la police ne pense-t-elle pas à mettre des muselières à des bêtes aussi féroces!

LE BOUILLANT ACHILLE

II

Mlle Frisson, la peureuse, a un frère jumeau qui est bien tout le contraire de Mlle Frisson. Rien n'inquiète M. Achille; rien ne l'effraye. Il se vante de n'avoir jamais tremblé devant quoi que ce soit. Au lieu de prévoir les événements et de mesurer les dangers par avance, il se précipite sans réflexion. Ses camarades, qui ont ouï parler des héros d'Homère, appellent M. Achille « le bouillant Achille » et ce n'est pas sans raison, car jamais on ne vit jeune garçon plus vif ni plus impétueux.

M. Achille ferait mieux de réfléchir un peu plus avant d'agir, témoin ce jour où il jette par la fenêtre toute l'eau de sa cuvette sur la tête d'un passant et, dans sa précipitation à se retirer, pose le pied au beau milieu de son pot à eau. Résultat : un procès-verbal, une amende à payer, et un pot à eau à remplacer.

MADEMOISELLE FRISSON

III

Au jardin, au lieu de jouer paisiblement, Mlle Frisson n'est occupée qu'à épier les dangers qui peuvent l'assaillir. Tandis qu'elle se traîne tremblante, par les allées, elle se sent tirée par sa robe. « Bon Dieu, s'écrie-t-elle, ayez pitié de la pauvre Lucie! C'est un loup qui veut la manger. Au secours!... » C'est tout simplement un rosier qui l'a accrochée avec ses épines. Et sa bonne lève les épaules.

Un joli petit lézard gris traverse l'allée. Et Mlle Frisson de crier : « Un serpent! un serpent qui a au moins cent pieds de long. Il ouvre la gueule comme un crocodile. Pour sûr, il va m'avaler. — Où est ce crocodile? demande la bonne sans s'émouvoir le moins du monde. — Là, dans la crevasse du mur. — Une crevasse tout au plus large comme mon petit doigt, comment peut-elle servir de cachette à votre serpent de cent pieds de long? Les lézards n'ont jamais fait de mal à personne. »

LE BOUILLANT ACHILLE

IV

Si le bouillant Achille était un peu plus réfléchi, il ne sortirait pas en courant comme un fou, renversant tout sur son passage sans crier " gare ".

Quelle bousculade ! quelles culbutes et quels cris ! Une écorchure au menton et un « bleu » au coude ne troublent point notre brave. Il en a vu bien d'autres et n'a jamais pleuré pour si peu.

Sur pied en un clin d'œil, le bouillant Achille ne songe qu'à relever et consoler ses victimes. Il s'empresse; il se multiplie, car il a bon cœur. « Ce n'est pas exprès. Tenez, voici des bonbons, des gros sous, ne pleurez pas. »

Les petits, qui ont trois bosses à eux deux, trouvent une mince consolation dans la pensée que le bouillant Achille ne l'a pas fait exprès.

MADEMOISELLE FRISSON

V

Pauvre Mlle Frisson ! Même dans un salon bien clos, elle n'est pas à l'abri des plus grands dangers.

Un livre, qu'elle a pris sur l'étagère, se trouve servir de cachette à un monstre, à une araignée ! Fi ! l'horreur ! Une araignée qui mange des mouches ne fera qu'une bouchée de la peureuse.

La voici sur le parquet, maintenant, la terrible araignée, et, devant elle, Mlle Frisson se sauve à reculons, bien loin, bien loin, jusqu'à ce que le mur l'arrête...

Oh ! si ce mur pouvait s'entr'ouvrir pour lui livrer passage et ensuite se refermer sur le monstre...

Et l'ennemi qui avance toujours...

Si Achille était là au moins. Mais il est loin...

VI

Il a grimpé tout en haut du grand cerisier « si haut qu'on peut monter », comme dans la chanson de Malbrough. Il a entraîné ses acolytes à sa suite, sans s'assurer de la solidité du cerisier. Crac ! la branche casse. Sur la tête de Pierre, qui perd l'équilibre, sur le dos de Paul ahuri, le bouillant Achille dégringole et les voilà tous qui descendent « si bas qu'on peut descendre ».

« Oh ! là ! là ! crie Paul. — Oh ! là ! là ! crie Pierre. — Mon pied ! — Mon dos !... » Le bouillant Achille ne souffle mot, mais trois mouchoirs réunis suffisent à peine à étancher le sang qui coule de son nez meurtri.

Les échelles, ça sert pourtant à quelque chose. Et ce n'est pas pour rien que les papas défendent de s'aventurer sur des branches trop frêles.

MADEMOISELLE FRISSON

VII

Le bouillant Achille s'est bien moqué des pleurnicheries de Mlle Frisson pour une bosse au front. « On n'en meurt pas », dit-il, mais on a vu des gens mourir de peur. Et Mlle Lucie de trembler encore plus fort. La bonne a raison. Dedans, dehors, Mlle Frisson est toujours aussi craintive. Pour son bain du matin, ce sont des cris à n'en plus finir. Il y a trop d'eau. On va se noyer là dedans, pour sûr. C'est grand comme la mer. Et Mlle Lucie ne sait pas nager. Non, non, il faut attendre que Mlle Lucie sache nager. On attendrait probablement longtemps.

Pour la calmer, il faut vider complètement la baignoire avant d'y introduire Mlle Frisson. Goutte à goutte on y laisse tomber quelques centimètres d'eau, et encore Mlle Frisson a-t-elle grand' peur.

VIII

Pendant ce temps, le bouillant Achille a commis de nouvelles bêtises. Sautant, dansant, bouleversant tout sur son passage, il fait de nombreux ravages au jardin. Un jardin n'est pourtant pas une grand' route. Il y a des plates-bandes, des parterres fleuris, qu'il faut respecter. Acharné à la poursuite d'un papillon malin, M. Achille ne respecte rien, ni fleurs, ni bordures. Il glisse et voici encore un accident !

Toujours poursuivant son papillon, l'étourdi s'en va se jeter la tête la première dans la serre où le jardinier range soigneusement ses boutures. Le papillon s'est sauvé par un châssis ouvert, mais notre étourneau est pris, comme dans un filet, dans cet enchevêtrement de pots et de plantes. Quel gâchis! Quels dégâts! Le champ de bataille est jonché de débris. Et c'est encore la bourse de M. Achille qui paye les pots cassés.

Mlle Lucie, en bonne petite sœur, partage les frais.

IX

Mlle Frisson n'en est pas plus aguerrie. M. Achille n'en est pas moins bouillant. Mlle Lucie se lève de table, sa chaise tombe. Épouvantée, Mlle Frisson n'ose se retourner. C'est au moins un voleur. « Pourquoi pas un rhinocéros? » lui dit son papa. Au fait, pourquoi pas? Et la peureuse de prendre la plaisanterie au sérieux. Les moindres bruits la font trembler. Un faux pas dans l'escalier, une bûche qui s'écroule dans la cheminée, c'est le tonnerre. Si, en ce moment, elle pouvait voir le danger auquel s'expose son frère.

LE BOUILLANT ACHILLE

X

Le bouillant Achille continue de courir les champs avec Pierre et Paul. Un jeune poulain lui paraît avoir été créé et mis au monde tout exprès pour lui servir de monture. Pierre et Paul lui font de vagues objections. Il y a aussi, à ce sujet, une défense paternelle qui n'est pas vague du tout, mais très formelle. Le bouillant Achille n'écoute rien, ne se souvient de rien. Le poulain ne l'écoute pas davantage, lui. Comment tout cela se terminera-t-il ?

Cela eût pu se terminer par une jambe cassée ; mais M. Achille a plus de chance qu'il ne mérite. L'impatient poulain l'a jeté dans une flaque de boue. L'imprudent en sera quitte pour bien s'éponger ; justement, il y a du linge à sa portée. Gare aux taloches. Voici la blanchisseuse et elle a tout droit de se fâcher. Gare aussi aux punitions paternelles si méritées.

XI

Mlle Lucie ne guérira donc jamais ? Elle n'est pas plus tôt couchée qu'on la voit reparaître, pieds nus, en petite camisole de nuit. Elle a entendu « des bruits sous sa tête ». Il y a des brigands dans son oreiller... tout au moins sous son lit. Mais ce n'est que le bruissement des plumes de son oreiller, froissées par elle ou dilatées par la chaleur. Mlle Frisson n'est pas rassurée, ni convaincue.

Tout lui est chagrin : Le lendemain, tandis que son frère Achille et tous les enfants du village rient de grand cœur des exercices d'un chien savant de passage, Mlle Frisson respire à peine. Parmi ses talents, Médor avait celui d'être très fort au pistolet. Placé devant un revolver chargé à poudre, Médor, au commandement de son maître, posait la patte sur la gâchette, le coup partait...

« Je suis tuée », s'écria Lucie en tombant à la renverse.

LE BOUILLANT ACHILLE

XII

Avoir peur des armes à feu, quelle poltronnerie féminine! C'est bon pour les petites filles, cette crainte-là. M. Achille, le bouillant Achille, en a si peu peur, lui, qu'il veut accompagner son papa à la chasse. Il enfile de grosses bottes et il se charge de porter le carnier. Un bâton sur son dos en guise de fusil, et, comme panache, une branche à son chapeau. Il part en avant d'un air conquérant. Pourquoi son papa ne lui achète-t-il pas un fusil? il saurait si bien s'en servir. Son carnier serait rempli en cinq minutes. Black, le bon chien d'arrêt, semble avoir des doutes.

Et il n'est pas jusqu'au colimaçon sur sa route qui ne lui fasse les cornes, tant il est fanfaron, ce matin-là, M. Achille, avec ses mines de Nemrod menaçant.

XIII

Pour aguerrir Mlle Lucie, son papa, qui est avec elle, lui donne un morceau de sucre et lui dit de l'offrir au brave Médor. « Oh! non, dit Lucie, regarde ses dents. Il mangerait ma main avec le sucre. Comme le loup du Petit Chaperon Rouge, il me mangerait toute vivante. » M. Achille met sa main tout entière dans la bouche du chien, mais cela, c'est trop de témérité, car, au fond, on ne connaît pas Médor.

Pourquoi le frère et la sœur ne se passent-ils pas un peu de leurs défauts mutuels?

Rentrée à la maison : « Eh bien, lui dit son papa, donne le sucre au serin dans sa cage. Il n'a pas de dents, lui, il ne t'avalera pas d'une bouchée. — Non, répond Mlle Frisson, il a un bec, et c'est pour me piquer ». Décidément, Mlle Frisson est incorrigible.

LE BOUILLANT ACHILLE

XIV

Achille, le bouillant Achille, a moins d'ardeur au bout de six kilomètres de marche. Il y a longtemps que Black l'a devancé et que le carnier a passé de ses épaules à un dos plus robuste. Il est fort à croire que ce chasseur pour rire ne suivra pas jusqu'au bout son papa. On l'avait bien prévenu, M. Achille, mais, comme toujours, il n'avait rien voulu écouter.

Il n'ose encore s'avouer vaincu, mais sa belle audace chancelle et le panache, sur son chapeau, pend, tout fané. On ne s'improvise pas chasseur d'un jour à l'autre. Pour le punir, son papa fait semblant de ne rien voir, pas même que M. Achille est à l'arrière-garde et non plus à l'avant-garde, pas même qu'il sue à grosses gouttes, tout en ne portant plus rien, et que ses bottes, dont il était si fier au départ, le font cruellement souffrir. Elles pèsent cent kilos, ces bottes-là !

XV

Pendant ce temps, Mlle Lucie ne s'aguerrit pas, elle se fait peur à elle-même. En entrant le soir, un flambeau à la main, dans le salon qui est au rez-de-chaussée, Mlle Frisson entrevoit à travers les vitres une visiteuse nocturne qui s'avance menaçante, tenant, elle aussi, une lumière. Mlle Lucie laisse tomber son flambeau en poussant un cri épouvantable et s'évanouit de frayeur. Il ne s'agit plus de fantômes, hélas!...

Mais, revenue à elle, dans les bras de son papa et de sa maman accourus bien vite, Mlle Frisson se voit forcée de reconnaître que c'est elle, Mlle Lucie, qu'elle a aperçue dans les vitres, comme dans un miroir. Son papa l'oblige à reprendre son flambeau, et à regarder bien en face le danger. Et Mlle Lucie se voit, *elle-même*, entre son papa et sa maman. Il ne lui reste plus qu'à rire de sa sotte frayeur.

LE BOUILLANT ACHILLE

XVI

Tout a un terme : On arrive enfin à cette halte tant souhaitée où les chasseurs doivent déjeuner. Le papa de M. Achille, trouvant la leçon suffisante, autorise son fils à retirer ses bottes dont il s'était ridiculement empêtré et pousse la bonté jusqu'à donner à l'apprenti chasseur une paire de bottines moins fatigantes. Ayant bien déjeuné, M. Achille retrouve instantanément sa suffisance et ses rodomontades. Il sonne de la trompe. Il parle du gibier qu'il tuerait « s'il s'y mettait ». Un lièvre passe. Avant qu'on eût pu s'opposer à son action, le bouillant Achille saute sur le fusil de son papa, couche le lièvre en joue et tire, fou de joie.

On entend un cri perçant. On se précipite, tandis que le lièvre fort bien portant s'enfuit à toute vitesse. Qu'est-ce donc ? C'est Petit-Pierre, qui a reçu dans la jambe toute la charge de plomb du maladroit.

XVII

Petit-Pierre avait voulu, lui aussi, suivre les chasseurs, et il s'était caché derrière un buisson d'où il guignait les reliefs du déjeuner.

On transporte le blessé chez ses parents; le bouillant Achille, pleurant à chaudes larmes, suit le triste cortège. Il regrette amèrement son étourderie. Si Petit-Pierre allait, par sa faute, mourir!... Les grandes personnes ont bien raison : jamais les enfants ne doivent toucher aux armes à feu!... Ah! si Petit-Pierre pouvait guérir, Achille serait corrigé à tout jamais de ses fanfaronnades!... Quelle triste terminaison à cette belle journée d'automne!...

MADEMOISELLE FRISSON

XVIII

Et Mlle Frisson continue d'être peureuse, de plus en plus peureuse.

Les moindres bruits prennent pour elle des proportions terribles : quelqu'un a fait un faux pas dans l'escalier, ou bien une bûche tombe et roule dans la chambre à côté, c'est le tonnerre qui est tombé sur la maison et voilà Lucie bouleversée.

Mlle Frisson, dont les frayeurs deviennent par trop ridicules, comparaît devant M. le docteur :

« C'est très grave, fait celui-ci, quand la maman a conté toute l'histoire. Il n'y a que le pain sec qui puisse guérir de la peur. Toutes les fois que Mlle Lucie aura peur, qu'on ne lui donne que du pain sec, et encore du pain sec, et rien que du pain sec, jusqu'à ce qu'elle soit devenue brave. »

XIX

C'est terrible, ce remède du pain sec à perpétuité. La fillette finit par soupçonner que le vieux docteur a bien pu se moquer un peu d'elle, et, réfléchissant que ses terreurs lui jouent toujours de mauvais tours, elle prend la résolution de ne pas s'y laisser aller sans voir au préalable si ses craintes sont bien fondées. Pour commencer, elle prend l'offensive avec les mouches, et, les voyant fuir, son courage redouble... un bataillon de guêpes ne lui ferait plus peur.

XX

A force de petites expériences analogues, Mlle Frisson se transforme chaque jour davantage en une petite créature raisonnable. Elle n'a plus peur des lézards gris et ne les prend plus pour des crocodiles; elle ne voit pas partout des loups et des voleurs; elle ne rend pas la vie intolérable aux autres et à elle-même par des embûches et des traquenards soupçonnés à tout instant. Quant aux araignées pour lesquelles Mlle Lucie n'aura jamais une bien grande affection, on l'a vue pourtant en tenir une de près pour bien prouver à M. Achille qu'elle n'avait plus peur.

XXI

Et Mlle Lucie, la poltronne, celle qui était jadis Mlle Frisson? Elle n'a jamais eu besoin du remède du docteur. Elle a eu tellement honte de sa pusillanimité qu'elle s'est guérie par sa propre volonté. Et, pour bien le prouver, qu'elle n'est plus peureuse, elle a demandé à son papa de lui acheter le bon Médor qui l'effrayait tant. En compagnie de Médor, Mlle Lucie est allée à la mer avec sa maman. Non seulement elle a appris à nager, mais encore elle a fait de bonnes parties à marée basse avec Médor devenu son grand ami et qui serait son protecteur s'il survenait quelque rechute de sa maladie d'autrefois.

XXII

M. Achille s'est amendé lui aussi. Le bon docteur s'était trouvé là juste à point pour soigner Petit-Pierre. Par bonheur, la blessure n'était pas dangereuse, mais il fallait de longs soins et de la patience; beaucoup de patience, et à Petit-Pierre, et à ceux qui le soignaient. Très repentant, le bouillant Achille s'était institué le garde-malade de sa victime. Qu'était devenue sa pétulance? Jamais on ne vit meilleur garde-malade, plus doux, ni plus empressé.

Achille est si bien corrigé qu'on le rencontrait, peu après, se promenant avec Petit-Pierre en pleine convalescence. Il l'empêcha de trop compter sur ses forces, et de commettre des imprudences. Achille n'agit plus sans réflexion; il sera désormais le sage, le brave Achille, et non plus le bouillant Achille.

FIN

46327. — Imprimerie Lahure, rue de Fleurus, 9, à Paris. — 10-1901.

www.ingramcontent.com/pod-product-compliance
Ingram Content Group UK Ltd.
Pitfield, Milton Keynes, MK11 3LW, UK
UKHW021032180726
13838UKWH00004B/1747

9 782329 326238